岡井隆の百首

目次

○凡　例

作品中のルビは原本にしたがった（初期歌篇「〇」をのぞき、第五歌集『天河庭園集』までは現代仮名遣い、第六歌集『鷲卵亭』以後は歴史的仮名遣いを使用）。尚、鑑賞や解説についてはすべて新かなを用いている。

岡井隆の百首

布雲《ぬのぐも》の幾重《いくへ》の中に入りし日は残光あまた噴き
上げにけり

一九四五年秋、旧制第八高校一年生だった岡井は、家族とともに、三重県四日市市西部の高角村に疎開していた。この歌はそのころに作られた最初期の歌である。

西には鈴鹿連峰が聳えている。日が沈む。峰々の狭間や雲の切れ目から余光が放射線状に空に伸びる。その光を彼は下句のように歌った。太陽が光を噴き上げるという表現のなかに鬱勃とした若者のエネルギーが感じられる。「にけり」という大仰な表現のなかにも多感な若者の感傷が滲んでいよう。このように自然を描写することから岡井の七十年にわたる短歌生活が始まったのだ。

「O」

構想はゆたかなる青にかかはりて夕あきらけき竹群と水

一九四六年夏、祖父の生地岡山の農村を訪れた時の歌。目の前には夕方の光に明るく光る川と竹林が見える。実りつつある稲の青、川の水の青、そして竹の幹の青。少年の眼の前には彩度の異なる様々な青の色彩が広がっていたことだろう。その豊かで多様な青色を見ながら、少年は自分の「構想」をほしいままに広げて行く。

「構想」という理念的な言葉を主語に据える。目の前の具体的な風景を「夕あきらけき」と抽象して表現する。後年、彼が盛んに用いる理念化や抽象化の萌芽がすでに明確に表れている一首である。

「〇」

才能を疑いて去りし学なりき今日新しき心に
聴く原子核論

003

一九四七年、第八高等学校二年の岡井は、夏休みを使って上京し、「アララギ」の東京歌会に出席する。この歌は、その時、高い評価を受けた歌である。

原子核論という当時最先端だった学問に対する憧れとそれに挫折した苦い過去。再びその学問を学びはじめようと決意する若者の意欲。それらを三句切れのシャープな文体で描いた清新な歌である。

第四句は「今日新しき心に聴く」という十三音の字余り。このような大幅な字余りも辞さない意味重視の歌い方に、土屋文明の詠法の影響がうかがえる。

『斉唱』

灰黄《かいこう》の枝をひろぐる林みゆ亡びんとする愛恋ひとつ

一九五三年春に作られた『斉唱』の巻頭歌である。

遠くに落葉樹の林が見える。樹影は冬木のままであるが枝々には芽吹きの気配がある。灰色と黄色の混じった「灰黄」という色彩表現はそんな枝々の様子を的確に捉えている。春に向かおうとする林を目にしながら、岡井は終焉を迎えつつある恋を自覚するのだ。

上句の情景と下句の心情は何の関係もない。が、その二つがこのように並置されると、私たちは両者の間に象徴的な関係を見てとってしまう。そこに短歌定型の不思議な力が働いている。「愛恋」という名詞も効果的。


『斉唱』

抱くとき髪に湿りののこりいて美しかりし野
の雨を言う

恋人とのデートの場面だろう。約束の時間に少し遅れて彼女がやってくる。思わず彼女の身体をぐっと抱きしめる。ふと気づくと髪の毛がしっとりと湿っている。「髪、濡れてるね」「雨のなかを走ってきたの。野原を移ってゆく雨脚がとてもきれいだったわ」。ふたりの間にはそんな会話が交わされたのだろう。

髪の毛の湿りという質感から野原を降り移る雨という広大な情景へ。これを読む読者はそんなイメージの広がりを感じるだろう。そこにこの歌の普遍的な美しさがある。一九五四年に作られた岡井の代表的な相聞歌。

『斉唱』

常磐線《じょうばんせん》わかるる深きカーヴ見ゆわれに労働の
夜が来んとして

一九五四年の作品。当時、日本共産党に深く共感していた岡井は、慶應大学医学部在学中から共産党が経営に参画する荒川区の診療所で働き始める。この歌は診療所に向かう前の感慨だろう。
夕方、常磐線に乗る。日暮里駅を過ぎるとレールは大きく東にカーブし荒川区に入る。診療所は零細企業の工場が密集する三河島にあった。二十代後半の岡井の心には、早く社会に出たいという焦りが疼いている。宵闇に浮かび上がる鉄路は、労働への入口であり、社会参画の起点だったのだ。下句の決意表明が美しい。

『斉唱』

つややかに思想に向きて開ききるまだおさなくて燃え易き耳

一九五七年に作られた連作「ナショナリストの生誕」より。塚本邦雄と出会い、岡井が前衛短歌運動のなかに没入してゆく時期の連作である。この連作のなかで読むと、この歌の耳の主は、やがて祖国の革命を企てる人物の耳であることが分かる。

誕生したばかりの赤ん坊の耳は、柔毛に包まれてつややかに輝いている。が、やがてその耳は、共産主義の思想に接し、その理想に燃え上がるだろう。岡井はそう歌う。政治思想を歌った歌ではあるが耳の描写は生々しい。そこにアララギで培った写実の眼が生きている。

『土地よ、痛みを負え』

匂いにも光沢《つや》あることをかなしみし一夜《ひとよ》につ
づく万《まん》の短夜《みじかよ》

連作「死について」のなかの一首。嗅覚に関する「匂い」と視覚に関する「光沢」は本来結びつかない言葉である。が、岡井は、ある夜、匂いにもつややかな光沢がある、ということに気づく。その発見が美しい。

その匂いを感じ取った夜から、彼には眠れない「万の短夜」が続くようになった。その夜に嗅いだ人の匂いが彼を眠らせない。この一首は、そんな性愛の甘美な苦しみを描いた歌なのだろう。

『土地よ、痛みを負え』は、後半になるにしたがって、私的な状況を歌った歌が多く登場するようになる。


『土地よ、痛みを負え』

通用門いでて岡井隆氏がおもむろにわれにも
どる身ぶるい

医師としての一週間の日々を描いた「暦表組曲《かれんだあ》」という連作のなかの一首。木曜日の歌。

夜業を終えた岡井は通用門を通って帰路に就く。外気に触れた瞬間、彼はブルッとひとつ身ぶるいをする。それをきっかけにして、医師「岡井隆氏」はゆっくりと生身の「われ」に返ってゆく。公的な立場にある人間が生身の自分に戻ってゆく瞬間である。

岡井は医師を生業としたが、医師である自分に対して常に居心地の悪さを感じていた。その感覚がこの歌にも表れ出ている。

『土地よ、痛みを負え』

旗は赤き小林《おばやし》なして移れども帰りてをゆかな
病むものの辺《へ》に

一九六〇年、六十年安保の争乱のなかで作られた歌である。安保条約の改定に反対するデモ隊が赤旗を掲げながら行進している。その旗の林立を横目に見ながら、岡井は病む者が待つ自分の病院に帰ってゆこうとする。政治状況よりも私的領域を優先しようとする彼の主張が標榜されている歌だ。

「小林」は万葉集に登場する古い名詞。「帰りてをゆかな」の「を」「な」は古代の助詞。あえて古語や万葉調を用いることによって反時代性を強調しよう。そんな天邪鬼な制作意図を感じる歌である。

『土地よ、痛みを負え』

〈あゆみ寄る余地〉眼前にみえながら蒼白の
馬そこに充ち来《こ》よ

自分の前に論敵がいる。もう少しで「あゆみ寄る余地」が見えてくる。が、それは相手との安易な妥協であり、論点の回避にすぎない。目の前に「蒼白の馬」がやってきてその妥協点を蹴散らしてくれたらどんなに爽快か。妥結しつつある交渉の場で岡井はそんなアナーキーな思いにとらわれてしまう。そんな場面を描いた歌。

「よる」「よち」、「そうはく」「そこ」、「そこ」「こよ」。音韻がリズミカルに響く。短歌は究極のところ歌であり調べである、という岡井の韻律重視の考え方が垣間見える一首である。

『朝狩』

肺尖にひとつ昼顔の花燃ゆと告げんとしつつ
たわむ言葉は

レントゲン写真を見る。肺上部の先端に白い結核の病巣が見える。まるで昼顔の花がそこで燃えているかのようだ。患者の病状は重篤。医師である作者は病状を告知する責務を負うが、患者には告げがたい。その言葉はまるで飴のように心のなかで撓んでしまう。そんな医療の現場を描写した歌である。

病巣の影を「昼顔の花」に喩え、その侵蝕を「燃ゆ」と表現し、言い泥む様子を「たわむ」と可視化する。前衛短歌の喩法を自家薬籠中のものとした岡井の手腕が存分に発揮されている。調べも緊張感を保って美しい。

『朝狩』

沸点に近づくなべに苦しくも薄膜は寄る牛乳《ちち》のおもてに

鍋で牛乳を煮る。温度が上がるにしたがって、牛乳の表面に蛋白質の膜が現れる。その膜はしだいに鍋の中心に向かって伸びて皺を作り始める。岡井はその様子をじっと見つめていたのだろう。煮沸され凝固してゆく牛乳の表面に、彼は自分の苦しみを見たのだ。

「なべに」は「するにつれて」という意味を表す古語。万葉集由来の古語をこの時期の岡井は多く用いている。この一語によって、作者が長い時間、黙って鍋を凝視していたことが分かる。客観的な描写に挿入された「苦しくも」という心情語が鮮烈に響く。

『朝狩』

説を替《か》えまた説をかうたのしさのかぎりも知
らに冬に入りゆく

ずっと主張してきた自説を変更する。一度ではない、二度三度、それを繰り返す。それは変節の誇りをまぬかれぬ行為だろう。が、岡井はその変節を「たのし」と言う。しかもその楽しさは「かぎりも知らに」（際限も分からない）ほどだとうそぶくのである。世間の常識を逆なでするような傲慢な言いぐさだろう。

しかしながら結句の「冬に入りゆく」には陰翳が滲む。自説を変えるたびに季節は厳しい冬に向かう。あたりは寂寥に包まれる。変節を重ねることの楽しさと寂しさ。その二つの思いが流露する歌だ。

『朝狩』

そよかぜとたたかう遠きふかみどりああ枝に
なれ高く裂かれて

窓の外に夏の木立の深い緑が見えている。その緑は遠目には一つの塊のように見える。木立が風に揺れる。まるで風と深緑の色が戦っているかのようだ。

岡井はその緑に向かって「枝になれ」と呼びかける。緑の塊が、ひとつひとつの形をとって枝になるのを見たい。そんな衝動を感じたのである。

下句の「ああ枝になれ高く裂かれて」という言葉は切実だ。不定形なものに裂け目を入れたい。岡井の胸にはそんな無頼な衝動が疼いていたのだろう。日常生活のなかで湧き上がるアナーキーな心情を見つめた一首。

『眼底紀行』

詩歌などもはや救抜《きゅうばつ》につながらぬからき地上
をひとり行くわれは

「救抜」とは「苦しみから救い出すこと」という意味を持つ言葉である。高みにある絶対者が泥沼に沈む衆生に手を差し伸べ泥沼から引きあげる。この言葉はそんな宗教的な色あいを帯びている。

かつて岡井は詩歌による救抜を信じていた。が、それは幻想だったことを彼は知る。もしそうであるならば、この辛い地上をひとり自分の足で歩いてゆくしかない。岡井はそう思ったのだろう。

「など」という投げ捨てるような副助詞や「われは」という結句の倒置法に、作者の強い決意を感じる。

『眼底紀行』

女らは芝に坐りぬ性愛のかなしき襞をそこに
拡げて

病院の昼休み、中庭の芝生の上に女性たちが座っている。スカートの襞がゆるやかな曲線を見せて広がる。岡井はその襞を「性愛のかなしき襞」だと感じるのだ。

　スカートの内側には女性の肉体がある。その肉体は襞のように折りたたまれている。それは自分のなかの性欲を否応もなく煽りたてて来る。岡井は苦しくなる。

「かなし」は「悲し」であると同時に「愛し」でもあろう。性に縛られる恍惚と苦悩。自分の存在が性というものと不可分であるという悲しみと愛《いと》しみ。岡井隆は常にそれを見つめてきた歌人であった。


『眼底紀行』

號泣をして済むならばよからむに花群るるく
らき外に挿されて

一九六〇年代後半、岡井は道ならぬ恋愛のなかにいた。当然、家庭は修羅場になる。この歌はそのような事情を背景にした歌。

上句は「号泣をしてそれで事態が解決できるのならよいのだろうが、それはできない」という反語である。泣いても事態は解決できないという絶望が岡井を襲う。夜の庭には花々が群れ咲いている。岡井はその地面に挿されるように立ち尽くす。

「挿されて」という被虐的な表現が印象的。鋭く胸をえぐるような一語である。

『天河庭園集』

そのあした女《ひと》とありたり沸点を過ぎたる愛に
〈佐世保〉が泛《うか》ぶ

一九六八年一月、米国の原子力空母エンタープライズの佐世保寄港に反対するデモ隊と警察部隊が衝突する事件が起こった。いわゆる「佐世保事件」である。

岡井はその映像を朝のニュースで見た。横には一夜を過ごした恋人がいる。二人の恋の沸点は過ぎつつある。冷え冷えとした思いのなかで彼は、いま怒りの沸点を迎えつつある佐世保の映像を見つめるのだ。

「そのあした」はエンタープライズが佐世保港に入港した一月十九日の朝を指す。恋という私的状況と七十年安保に向かう社会情勢が危うく交差する一首。


『天河庭園集』

苦しみつつ坐れるものを捨て置きておのれ飯《いい》
食《は》む飽き足らうまで

眼前に座り込んでいる者たちがいる。彼らは疲れ果てている。にもかかわらず私は、彼らを捨て置いて飽き足らうまで飯を食うのだ。岡井はそう歌う。偽悪的で傲慢なまでの開き直りを感じる言いぐさだろう。

が、その背後には、偽悪的な表現をすることでしか自分を保つことのできない傷ついた作者像も滲む。

岡井はこのとき病院の勤務医だった。病に苦しむ患者たちを前にした時、このような偽悪的な気分になったのだろう。あるいは「苦しみつつ坐れるもの」は、夫の不貞に苦しむ妻子だったのかも知れないが。

『天河庭園集』

現実はつね夢よりも豊けしと思いし人は農に
赴《ゆ》きたり

人は往々にして自分の夢や理想に振り回される。現実とは異なる可能性がそこに広がっていると思うからだ。が、その一方で地道にひたすら眼の前の現実を見つめ、そこに豊かさを見出す人もいる。今ここにあるものこそが豊かだと考える人である。

岡井は前者だった。理想を求め過ぎるあまり傷ついてしまう。そんな岡井にとって、現実の豊穣を見つめて農業に赴く人は憧れの対象だったにちがいない。が、岡井にはその真似はできない。「農に赴きたり」という言い切りの語法にそんな諦念が滲む。

『天河庭園集』

政治的集団の居る北口を愛にみだれて過ぐと

知らゆな

一九六九年、日米安保条約改定をめぐって各地で反対集会が開催された。岡井が住む小金井の駅にも政治的主張を繰り返す集団が立っていたのだろう。苦しい恋に乱れる岡井は、その集団の横を通り過ぎて恋人のもとに向かう。

結句「知らゆな」は「他人に知られるな」という意味である。今、この胸にある私的な恋情だけは人に知られてはならない。恋愛という心の誠だけは他者に侵されてはならないと思う信念がそこにある。「北口」というどこか寒々とした場所の設定もこの歌にふさわしい。

『天河庭園集』

泥ふたたび水のおもてに和《な》ぐころを迷ふなよ
わが特急あづさ

「あづさ」は中央線の新宿と松本を結ぶ特急列車。この頃、岡井の恋人は松本にいた。自分が乗車したその列車に対して岡井は「迷ふなよ」と呼びかける。迷うことなく私を恋人のもとへ連れてゆけ、というのだろう。

上句はやや分かりにくいが、ドロドロになった水の面が澄んでゆくという情景を描いているのだろう。それは岡井の心象風景だったのかも知れない。

泥のような迷いがすっと消えて、この恋を貫こうとする決意が心の中に生まれる。そんな決意の瞬間を描いている歌だ。

『鷲卵亭』

葉擦《はず》れ雨音《あまおと》ふたたび生きて何せむと病む声は
告ぐ吾《あ》もしか思ふ

葉を擦るようなかすかな雨の音が聞こえてくる。その静けさのなかで死に近い人が「ふたたび元気になって生きたところで、いったい何になるって言うんだい」とつぶやく。岡井はその言葉に深くうなずく。そんな痛切な場面を歌った歌である。

自注によれば、この歌は岡井が瀕死の母親を見舞った時の歌である。生きることの無意味さを語る母の思い。それに深く共感する岡井。母子の姿が悲しく美しい。

「葉擦れ雨音」という字余り初句や下句の対句が美しく胸に滲みる。絶望がかくも美しい歌になる。

『鵞卵亭』

玄海の春の潮《うしほ》のはぐくみしいろくづを売る声
はさすらふ

一九七〇年夏、岡井は恋人とともに東京を去り九州に逃亡する。一切の社会的地位を捨てた逃亡であった。放浪の後、彼は福岡県の県立病院に職を得る。この歌はその頃の歌である。

春が来る。玄界灘で取れた魚を売る声が聞こえてくる。魚、いらんかね。その声は町なかから近づきどこかへ去ってゆく。流謫中の岡井の耳にその声は侘しく響く。「ゲンカイ」という硬い響きの初句。「春の潮」「はぐくみし」の頭韻と「シ」の音の鋭さ。サ行音の蕭条とした調べが一首を貫いている。胸に滲みる。

『鵞卵亭』

からたちの萌黄といへどその暗くしづめるい
ろに花は順《したが》ふ

春、枳殻《からたち》の木が芽吹きはじめる。葉は明るい緑、萌黄色である。が、岡井の眼にはその色が暗く沈んだ色に見える。彼の心情が反映されているからだ。

初夏、枳殻の花が咲き出す。純白の花びらが見える。が、その白でさえ、岡井の眼には沈んだ色に見えてしまう。そんな暗澹とした心情を表した歌だ。

「からたち」というア段音の明るさ。「いへどその」というゆったりとした言葉の運び。イ段の音が鋭く響く下句。この歌でも暗澹とした心情が流麗な調べで歌われる。『鵞卵亭』の歌々に共通する魅力である。

『鵞卵亭』

泣き喚《さけ》ぶ手紙を読みてのぼり来《こ》し屋上は闇さ
なきだに闇

九州への逃亡といえば聞こえはいいが、その背後には東京に捨て去った家族がいた。「泣き喚ぶ手紙」は家族や、彼らを支援する者から送られてきた手紙なのだろう。

その手紙を読んだ岡井は屋上に駆けのぼる。夜、そこには誰もいない。ただでさえ真っ暗なその場所に、彼は暗澹たる心を抱いて立ち尽くす。

「さなきだに」は「そうでなくてさえ」という意味を表す古語。そうでなくても暗い気持ちなのに、屋上の闇は、その心情をさらに暗くさせたのだ。「屋上は闇さなきだに闇」というリフレインが重い。


『鵞卵亭』

生きがたき此の生《よ》のはてに桃植《う》ゑて死も明《あ》か
うせむそのはなざかり

生きがたきこの世。せめて最後に桃の木を植えて、花盛りの頃、そのもとで死ぬことができたら。岡井の胸には、そんな甘美な希死念慮が去来したのだろう。その心情を素直に吐露した歌である。

この歌も調べが実に美しい。初句の「き」の響き。第二句の「の」の連鎖。「明かうせむ」という音便を含めた第三句第四句のウ段音。第四句で鋭く切れ、結句に「そのはなざかり」という柔らかい音をふっと置く、その言葉のしつらえ。生の絶望と死への願望がこのように甘美に歌われていることに驚いてしまう。

『鵞卵亭』

くらがりになほ闇《やみ》と呼ぶぬばたまの生きもの
が居て芝の上《へ》うごく

宵の頃、ふと庭を見ると、芝生が闇によって見えがたくなっている。その暗がりの底にさらに暗い闇がいる。それは生き物のようにのたうっているようにも見える。そんな情景が浮かんでくる。

「闇と呼ぶぬばたまの生きもの」というフレーズが魅力的だ。「ぬばたまの」は、普通なら「夜」や「闇」に繋がってゆく枕詞であるが、岡井はそれを「生きもの」に繋げている。そのことによって闇に生々とした動感が付与される。「闇」と呼んでおくしかない不定形の生き物が庭にいる。そんな不気味さが伝わってくる。

『歳月の贈物』

歳月はさぶしき乳《ちち》を頒《わか》てども復《ま》た春は来ぬ花をかかげて

歳月は私に乳を分け与えてくれた。それは私を育んでくれた。が、その乳は甘いばかりではなかった。時に寂寥や悲苦を与えるものでもあった。

歳月から得たものは苦い。が、また今年も春はやってくる。春は、花を掲げて私のめぐりを明るませるに違いない。岡井はそう歌う。

今まで生きてきた月日への思い。再びめぐりくる春への期待。そういった普遍的な感慨が、上句のサ行音、「ども」という逆接の句法、「て」で止めた結句によって、歌の調べのなかに美しく練りあわされている。


『歳月の贈物』

伊那谷をのぼる列車の彎曲の果樹園ひとつ巻
きて過ぎたる

飯田線は愛知県豊橋から長野県辰野までの区間を走るローカル線。岡井は天竜川に沿ってこの路線を北上した。松本の妻の実家に向うためだ。

　列車が伊那盆地に入る。谷一面を埋め尽くすように林檎の果樹園が目に入ってくる。レールは大きく湾曲して坂を巡ってゆく。車窓からは先頭車両が見える。果樹園の円周を巻くように進む列車のなかで、岡井は思いがけず旅愁を感じたのだ。

　リズミカルな上句の「の」。簡潔な描写に徹した下句。上句から下句への流れがスムーズな旅行詠である。


『歳月の贈物』

オリーヴの沈む器《うつは》を打ち合ひてわれらはたの
し母死に行けど

オリーブの実を沈めたカクテルがある。マティーニである。母の葬儀を終えた親族が集まり食事をしたときそのマティーニが出た。一族はグラスを交わし乾杯をする。そんな場面を歌った歌だ。

この歌では、マティーニが注がれたグラスが「オリーヴの沈む器」と表現されている。このように柔らかく表現されると、まるでギリシャの神々が酒を酌み交わしているような典雅な情景が立ちあがる。死を契機として生き残った肉親は再会を喜ぶ。不謹慎だがそれは楽しい。生者は日常を生き続けるしかないのだ。

『歳月の贈物』

飛ぶ波のはげしさまさる夕まぐれあたたかな
医師それさへ演技

受け持ちの患者は自分を「思いやりのある温かな先生」と呼んでくれる。医師の顔の背後に、エゴイズムにまみれた中年の男の顔があることを知らない。温かな医師の顔は、自分のペルソナのひとつに過ぎない。岡井はそう思う。そんな彼の眼前で、波頭が白く夕闇にひらめいている。

下句の感慨が苦い。私たちは日常のなかでどれだけ演技をしていることか。「あたたかな○○それさへ演技」。空欄に自分の職業を入れてみる。この歌の苦みが自分のものとして感じられてくる。

『マニエリスムの旅』

定型の格子が騒ぎ止まぬ故むなしく意味をひ
き寄せにけり

短歌を作らない人は、短歌は感動を歌う詩だと思うようだ。作者には何か言いたい事があり、それを五七五七七のなかに押し込む。そんな風に考えがちである。が、実作者の感覚は違う。言いたい事や意味は、むしろ歌が出来てから明らかになるものなのだ。
心の中にモヤモヤしたものがある。原稿用紙に向かうとそのモヤモヤが五七五七七の形を取り始める。そして一番最後に虚空から「意味」がふっと降りてくる。あとはそれを引き寄せて書きつけるだけだ。作歌の現場の実感をそのまま歌にした一首である。

『マニエリスムの旅』

今日一日《ひとひ》天《あめ》の変化《へんげ》のはげしさやこころをさら
ふ春のさきぶれ

早春の天候はよく変わる。晴れていたと思うと急に真っ暗な雪雲が訪れ、雪が舞ったりする。この歌が作られた日もそんな不安定な天気だったのだろう。

激しく変わる天候の一日。だが、この天候の激変は、春の到来を告げる「さきぶれ」でもある。そう思うと岡井の心は躍る。

早春は岡井がもっとも好む季節である。彼には、早春の季節に歌われた名歌が多い。この歌でも「こころをさらふ」という言葉に春を前にしたわくわくする心情が見え隠れしている。

『マニエリスムの旅』

人の生《よ》の秋は翅《はね》ある生きものの数かぎりなく
われに連れそふ

「翅ある生きもの」とはトンボなのだろう。ならそう書けばいいのだが、岡井はそれを「翅ある生きもの」と抽象化する。それによって、薄い透明の翅をもった天使のような存在のイメージ、この世から浮遊している存在者のイメージが立ち上がってくる。

この歌は「人の生の秋は」という大上段に構えた問いかけから始まっている。が、その答えは書かれていない。人の生は、身めぐりに漂う翅をもつ者たちとの共存のなかにある。そんなあてどない質感の表現が印象的な一首である。

『マニエリスムの旅』

魚の血の鰓《えら》よりいでて流れたり外面《とのも》は今日も
毛のごとき雨

調理場のまな板の上に魚が置かれている。先ほどまで泳いでいた魚が、今、血を流してそこにある。鰓から流れ出る一筋の血が見える。それだけでも陰惨な情景であろう。あまつさえ窓の外には梅雨時の細やかな雨が降っている。長く降り続く毛のような雨を見て、気分は暗鬱と倦怠に傾いていく。

この歌において岡井は、上句で眼前の情景を描き、下句で窓の外に向かう視線のありかを歌っている。そのゆるやかな視線の移動によって、沈鬱な作者の心情が過不足なく読者に伝わってくる。

『人生の視える場所』

蒼穹《おほぞら》は蜜《みつ》かたむけてゐたりけり時こそはわが
しづけき伴侶

自分の人生を大づかみにした境涯詠である。内容はむしろ抽象的だ。「蒼穹」は、空をドームとして捉えた言葉。そのドームにはたっぷり蜜が湛えられている。ドームが傾くにつれ、蜜は零れ、地上にしたたり落ちる。上句はそんなイメージを歌っている。この「蜜」は太陽光の暗喩なのかもしれない。

下句も魅力的だ。「時」は自分とともに歩んできた静かなパートナーなのだ。その認識のなかに岡井の人生に対する感慨が滲んでいる。岡井が歌う「蜜」や「乳」は、どこか荘厳なイメージを帯びている。

『人生の視える場所』

夕まぐれ油《あぶら》を移しつつ思ふあぶらの満ちてゆ
くはたのしゐ

冬の夜、ストーブに灯油を入れる。寒い三和土《たたき》で手押しポンプを押して油を汲む。

油がタンクに落ちる。せせらぎのような音がタンクから聞こえてくる。音程がだんだん高くなって油が満ちてくる。あたりが暗ければ暗いほど、寒ければ寒いほど、そのせせらぎの音に神経が集中してゆく。それはやってみると意外に楽しい仕事だ。

上句の「油」と下句の「あぶら」のリフレイン。その軽やかさのなかに作者が感じた楽しい気分の反映がある。「ゑ」は万葉集に登場する詠嘆の終助詞である。

『人生の視える場所』

あはただしく潦《にはたづみ》踏みいでて行く彼方《かなた》喘鳴《ぜいめい》に
満ちて部屋あり

歌集では「子規はついに、あわただしい男であったか」という詞書がついている。彼方から病人のゼーゼーという苦しい息遣いが聞こえる。その喘鳴に促されるように作者は水たまり（潦）を踏んで、その病人のもとへ走る。そんなシーンが浮かんでくる。

初句の「あはただしく」という字余り。「彼方喘鳴に満ちて部屋あり」という漢語が目立つ下句。それらがもたらすゴツゴツした漢文調のリズムが切迫した作者の心情を表しているだろう。

この喘鳴は子規自身のものだったのかもしれない。

『人生の視える場所』

あをあをと馬群らがりて夏の夜のやさしき耳
を噛みあひにけり

野生の馬が身を寄せ合っている。彼らは戯れるようにお互いの耳たぶを嚙みあっている。この歌はそのような自然の情景を描いた歌として読める。

が、この一首を「夏の夜のために」という一連のなかに置くと異なった相貌が浮かびあがってくる。〈熊蟬は鳴き初めにけり此の夏の新膚としも思ふかなしさ〉〈眸といひ眼と呼ぶ孔ゆかくまでにすがしき蜜は吾に注がれつ〉といった前後の歌の影響によって、この歌が性愛の歌のようにも感じられてくるのである。そう思うと「あをあを」という語も何かなまめかしい。

『人生の視える場所』

今日一《ひと》日《ひ》南の風をよろこびし緋鯉真鯉をひき
おろしたり

一読、健全な雰囲気が伝わってくる歌だ。初夏の夕方、南風の吹く空にはためいていた鯉幟を引き下ろす。黒い真鯉と赤い緋鯉。二匹は今日一日、風をはらんで生き生きと空を泳いでいた。それを下ろすとき岡井の胸にも今日一日の充実感が去来したに違いない。

この鯉幟は、はじめて誕生した岡井の長男のために掲げられたものだろう。この歌はマイホームパパとしての自分を描いた歌でもある。

「緋鯉」「ひきおろし」という頭韻も生き生きと働いている。

『禁忌と好色』

断ち割《さ》きし果実はつねにしたたれる形象のまま凍《い》つといふものを

レモンを二つに割って、半分を絞り、残りを冷凍庫に仕舞う。レモンは滴るような新鮮さを保って永久保存される。第四句まではそんな事実を歌っている。

岡井はここでも抽象化を行っている。レモンと明示せず「断ち割きし果実」としている所や「形象」という概念語を用いている所がそうだ。

「凍つといふものを」は「凍てるというのだが」といった逆接の気味が感じられる言いまわしである。果実は新鮮なまま完全保存できる。が、恋愛はそうもいかない、とでも言いたげな感じがする。

『禁忌と好色』

愚昧なるうたびとかなと歎かひて手をひとつ
拍ち許したまひき

なんらかの理由で目上の人に謝罪せねばならない状況に追い込まれた。きっと厳しい叱責の言葉が返ってくるだろう、と予想して謝罪の席に臨む。が、あにはからんや、その人物は手をひとつ叩いて「まあ、きみは愚かな歌人だから仕方ないなあ」と笑って許してくれた。そんな場面を生き生きと描いた歌である。

「愚昧」という言葉は厳しい言葉に見えるが、その背後に岡井に対する愛情のようなものが滲んでいたのだろう。「手をひとつ拍ち」という相手の動作の描写が生きている。「たまひ」という尊敬語も効果的。

『禁忌と好色』

はしり梅雨きみならばわがくるしみを言ひあ
つるらむ嗄《さ》声《せい》しづかに

まだ梅雨ではないのにしとしとと降る雨。それを走り梅雨という。本格的な梅雨がやってくる先ぶれのような雨である。

その雨を見ながら岡井は、「きみ」ならば私の本心を理解し、この苦しみの内実を正しく言い当ててくれるだろうのに、と思う。そんな人懐かしさを甘美な調べで歌った歌だ。

一首全体にサ行音やイ段音が頻出し、蕭条とした雰囲気を醸し出している。「らむ」は終止形接続の助動詞なので結句は「言ひあつらむ」にすべきところ。

『禁忌と好色』

外は陽のあまねからむを戸ざしつつ寂しき愛
を学に注ぎぬ

部屋の外には、今、春の陽射しがあまねく降り注いでいることだろう。が、私は戸を閉ざした暗い部屋のなかで学問に打ち込んでいる。見返りが期待できない学問への愛は寂しい。が、その寂しさを受け入れるしかない。そんな心情を歌った歌である。

上句における「てにをは」の働きが精妙だ。「は」による大胆な場所の提示。主格とも同格ともとれる「の」。婉曲とも推量ともとれる「む」。詠嘆を表しているかのような格助詞「を」。それらが精緻に働いて陰翳の濃い抒情を醸し出している。

『αの星』

わが腕に涙ながして寝入りたるそのぬかの上
のやはらかき闇

おそらく自分の娘を描いた歌なのだろう。父親である自分の腕のなかで涙を流しながら寝入ってしまった娘。眠っている娘の額に闇がやわらかく触れる。そんな情景が想像できる。

一応、娘として解釈してみたが、眠った主体は明示されていない。主体が隠されることによって、まるで恋の歌のような甘美な情緒が流れ出す。

上句の叙述を「その」で受けて改めて下句に展開させてゆく手法が美しい。「涙」「ながして」「寝入り」「ぬか」というナ行音も美しく響き合っている。

『αの星』

透きとほるかなしみの時ゆゑのなきかなしみ
なればうなだれてゐつ

何が悲しいという訳でもないが、私たちは、時に、理由のない悲哀の感に包まれてしまうことがある。それには原因はない。強いて言えば、それは生きている事に伴う実存的な悲しみなのだろう。岡井はそれを「透きとほるかなしみ」と呼ぶ。彼はそれを甘受し、ただただうなだれるのである。

初句第二句の五七と第三句第四句の五七が対句のように読者の胸に響く。その対句のなかで「かなしみ」という言葉が繰り返される。それがあるからこそ、結句の「うなだれる」という動作が胸に滲みるのだ。

『αの星』

きぞありし風のすがたやさんご樹の生垣の根
にはつかなる雪

自分の家を取り囲む垣根に雪が残っている。岡井が住んでいた豊橋は温暖である。雪が積もることはほとんどない。おそらくこの雪も薄い積雪だったのだろう。

が、根元に残った雪の筋は、昨夜の風の激しさを知らせてくれる。「きぞありし風のすがた」を目にすることによって、岡井は昨夜耳にした風の音の激しさを思い出すのである。

『αの星』には、このような家庭の日常の些事を捉えた歌が多く登場してくる。「きぞ」は「昨夜」、「はつか」は「わずか」という意味である。


『αの星』

やや遠く熱源《ねつげん》生《あ》るる家内《いへぬち》の、いまさらどうし
やうもないさ、さみだれ

家庭内に不穏な出来事があったのだろう。それは今すぐ家庭の幸福を破壊するような大事ではない。が、放置すれば、やがてこの家庭を焼き尽くしてしまう炎になるかもしれない。「熱源」という言葉にはそんな危険なイメージがある。

下句の「いまさらどうしやうもないさ」は口語である。ライト・ヴァースを唱道したこの時期の岡井は、自作に大胆に口語を導入してゆく。「ないさ」「さみだれ」という音の連続にも言葉の自動性に身を任せようとする方法意識が見える。文体は軽いが内容は重い。

『五重奏のヴィオラ』

割りばしの巻きあげていく水あめにわりばし
きしみ夏はふかけれ

水飴の瓶のなかに割り箸を入れ水飴を掬い取る。水飴はゲル状になっているので手に抵抗力がかかる。「巻きあげていく」という動詞はその感覚を的確に表現している。

割り箸を瓶から引き上げようとしたとき、割り箸のきしむキュという音がした。そんな小さな出来事を岡井はこのように言葉でスケッチしている。そこにアララギで培った写実の精神が生きている。

「ふかけれ」は形容詞の已然形。已然形で歌を終止させて詠嘆を深めるという近代短歌特有の技法である。

『五重奏のヴィオラ』

クッと言ふ急停車音広辞苑第三版を試し引き
居れば

広辞苑の第三版が出版されたのは一九八三年。岡井はそれをさっそく買い、試し引きをしていたのだろう。そこに「くッ」という音が聞こえてきた。顔をあげると自転車が止まっている。そんな場面を歌った歌。「くッ」という音がリアルだ。「キュ」とか「ギュ」ではブレーキの感じが出ない。

辞書の試し引きと自転車の急停車音。両者には何の繋がりもない。が、偶然の出来事が言葉にされると、このような楽しい歌になる。偶然の豊かさを受け入れる。そこに岡井の表現者としての覚悟がある。

『五重奏のヴィオラ』

部屋ごしに塩のありどをききしかどするどき
咳のかへり来しのみ

053

隣室にいる妻に声をかける。「塩はどこに置いてあるんだい」。が、答はない。鋭い音の咳が耳に届くだけだ。そんな家庭の一些事を歌った歌である。

咳をしているのだから妻は病に臥せっているのだろう。妻のために台所に立つ夫の姿はけなげだ。が、この歌にはどこか冷え冷えとした感触がある。その印象は、上句に頻出するイ段音の冷ややかさと、結句「かへり来しのみ」という冷たい言い切りによるものなのだろう。

「ありど」「ききしかど」「するどき」という濁音の連鎖も何となく不穏で重苦しい。

『五重奏のヴィオラ』

長江《ちやうかう》はくるしむ川と思はむかその上に寝て夢
ぞみだるる

一九八七年十月末から十一日間、岡井は中国大陸を旅した。その旅行詠をまとめた歌集のなかの一首。この歌は上海から重慶まで船旅をした時に詠まれたもの。

日本の川とは桁違いに大きい長江。岡井は船室のベッドに身を横たえ、耳の下を流れる濁流の音を聞く。そのとき、彼はこの河が苦しんでいると直感するのだ。その印象のせいだろうか、その夜、船室で見た夢も苦しく乱れたものになってしまう。

「その上に寝て」という表現が面白い。岡井が巨大化して長江の上に横たわっているような感じがする。


『中国の世紀末』

重慶の寒《つめた》き瓜は卓上にあれどもわれはさそはれなくに

重慶に到着した時の歌である。夕食の卓上にスイカが置かれていたのだろう。

スイカは中国語では「寒瓜」と表記される。岡井はその見慣れない表記を面白く思ったに違いない。「寒瓜」を「寒い瓜」と開く。その「寒」に「つめた」とルビを振る。そのことによってただのスイカが、象徴性を帯びた果物として感じられてくるから不思議である。

第四句以降「あれ」「われ」「はれ」といった同じ響きの音が連ねられてゆく。「さそはれなくに」という言いさしの結句も軽やかで、淡い旅愁を感じさせる。


『中国の世紀末』

北京《ベイジン》に雪をふらせし雨雲は渤《ぼつ》海《かい》をへて時雨と
なりつ

日本に帰国した後の歌である。中国大陸から低気圧がやってくる。北京の街を雪で覆ったその雲は、渤海を渡り、日本に冷たい冬の時雨を降らせた。中国の旅を終えた岡井はその二つの国の距離を思う。旅の体験が地理的な感覚を変えてしまったのだ。

濁りを帯びた「ベイジン」。硬い鬱屈した響きの「渤海」。二つの地名の音の感触が一首のなかで効果的に使われている。日本の初冬の侘しい時雨の背後に、大陸で見た晩秋の雪を思う。旅を終えた寂寥と日常の時間に戻った安堵が感じられる歌である。

『中国の世紀末』

さいはひの浅瀬をわたる一家族提げたる靴を
水に映して

一つの家族が水辺で戯れている。彼らは裸足になって、靴を手から提げ浅瀬を渡ろうとしている。そんな行楽の情景が目に浮かぶ。布靴の白さが川面に映る、という描写が具体的で鋭い。

上句はやや抽象的だ。「さいはひの浅瀬」とは何なのか。いかにも幸福感あふれる情景だが、その横には深淵が横たわっている。そんな不吉な想像を読者の胸に呼び起こすような歌である。この頃、岡井は家族関係のなかで苦悩していた。家族が崩壊する予感を抱きながら彼は水と戯れていたのかもしれない。

『親和力』

世界まだ昏れゆかぬころ膝の上にのせたる顎
を涙走りき

この歌が作られたのは一九八九年。東欧に民主革命が起こりコミュニズムの思想が崩壊しつつあった時期である。かつて日本共産党に入党しようとまで考えていた岡井にとって、それはひとつの理想が消え去った黄昏の到来だと感じられたのかもしれない。
　共産主義の理想が輝いていた時代、世界がまだ黄昏を迎えていなかった時代、若い岡井は、膝を立てて座り、ひとり涙を流した。涙は顎を伝い膝頭を濡らした。岡井はそんな過去を回想し感傷に浸ったのだろう。コミュニズムに対する岡井なりの挽歌である。

『親和力』

凍らせて復た《ま》解く肉の暗きいろアンダルシア
へ行かざりし夜の

凍結した肉を常温で解凍する。新鮮だった肉はかすかに変色し暗い色になる。その変色は、感動が色褪せるのに似ている。

この時期、岡井はスペインのアンダルシア地方への旅を予定していた。それが突然キャンセルになってしまう。その夜の岡井の落胆の気持ちは、解凍して変色した肉の色とどこか通じ合っているだろう。

「アンダルシア」という固有名詞のけだるい音と「の」という文末の言いさしの結句が落胆の気分を表現している。暗澹とした雰囲気が漂う一首である。

『宮殿』

アリシア・デ・ラローチャの昼深《ひる》淵はおのづから落つ次なる淵へ

アリシア・デ・ラローチャはスペインの女性ピアニスト。岡井は彼女の演奏を真昼に聴いていたのだろう。その演奏は岡井を深淵に誘ってゆく。曲調が変わる。すると、目の前にもう一つの深淵が現れてくる。演奏を聴きながら、岡井は次から次へと新たな深淵に落ちてゆくような感覚を覚えたのだろう。

印象的なのは「アリシア・デ・ラローチャ」という長い人名の韻律的な美しさである。フルネームをそのまま歌に入れる。そこに意味よりも調べを重視する岡井の短歌観が如実に表れている。

『宮殿』

恩寵のごとひつそりと陽が差して愛してはな
らないと言ひたり

陽の光が、恩寵のように穏やかにめぐりに降り注いでいる。その陽光の背後に「愛してはならない」という声を聞く。それは神の声なのかもしれない。

この時期、岡井は最後の妻となる女性と出会っている。彼女への恋は築き上げた家庭を破壊する可能性を持つ。「愛してはならない」という声は、新しい恋に踏み出すことへの恐れから発せられたのかもしれない。

「ひっそり」と「陽」、「差して」と「愛して」。頭韻や脚韻が美しく響く。懊悩や絶望を歌う時、岡井の歌の調べはいつもこのように甘美になる。


『宮殿』

くらやみの弟として今犬が垂れてゐる舌　泉
のうへに

黒い犬が水を求めて泉の上に舌を垂れている。そんな情景を歌った歌だろう。

「くらやみの弟」という表現が印象的だ。ただの黒犬にすぎないのに、この時の岡井には、それが暗黒界の使者のように感じられたのだ。そう感じる岡井の心には、形のない不安がわだかまっていたに違いない。

第四句の末尾に置かれた「舌」という名詞によって生々しさが強調されている。それが清らかな泉の上に垂れている所も面白い。聖なるものと邪悪なるものの対比が、読む者の胸に鮮烈に刻印される感がある。

『宮殿』

さつきまであなたが座つてゐた椅子に馬具の
かたちの夕陽《ゆふひ》差したり

部屋の隅に先ほどまで恋人が座っていた椅子が置かれている。時は夕暮れ。部屋の窓から差す夕陽が椅子に当たり、座面を明るく照らす。まるで馬の背に置く鞍のようだ。

　そこに鞍があると思った岡井は、その鞍を跨ぐ恋人の姿を思う。彼女の脚が馬の胴を挟み込む。そんな様子を想像する。すると無機質な家具にすぎない椅子が急に性的な生々しさを帯びてくる。

「さつき」「座つて」「ゐた」「椅子」。口語を使った上句の促音とイ音の連鎖が流麗で美しい。


『宮殿』

高野川ましろき鷺も凍《こほ》りつつ、さういふこと

だ凍鷺《いてさぎ》の罰

高野川は、京都の大原から流れる鴨川の支流。京都精華大学教授だった岡井は、通勤途上、この川を朝々渡ったのだろう。

京都の冬は寒い。厳寒のなか、川の流れを踏んで白鷺が立っている。微動だにしない。脚を水に浸して凍結しているかのようだ。その孤独な姿を見て岡井は「そういうことだよな、これは罰なのだ」と思う。

新しい女性との出会いによって岡井は家族との別離を経験する。この孤独は誰のせいでもない。自分が招いた事だ。罰なのだ。そんな苦い思いが彼の胸に去来する。


『神の仕事場』

長鼻の「ひかり」が着きてゆつたりと五月雨
の下に眼《まなこ》を閉ぢぬ

長い鼻先を前に突き出したような新幹線300系車両がデビューしたのは一九九二年。この歌はそれから間もない時期に作られた歌。

梅雨の頃の細かい雨に濡れてひかり号が東京駅に到着する。先頭車両の先端が雨に濡れている。乗客を降ろし、前照灯が静かに消される。まるで人が瞼を閉じて眠りにつくように。そんな情景をサラリと描写した歌だ。

車両という金属の塊を人体のような柔らかさを持つものとして描写している。「長鼻の」という形容句も楽しい。「ひかり」を導きだす枕詞みたいだ。

『神の仕事場』

シャツ脱ぎてそのシャツをもて胸を拭くこの
快楽に帰り来たりぬ

真夏、汗だくになって仕事から帰る。すぐさまシャツを脱いで汗まみれの自分の胸を拭く。胸に冷ややかな感触が走る。行儀は悪いが爽快だ。

エアコンがなかった時代、昭和の父親たちはよくこのようなふるまいをした。労働と身体が密着し、汗にまみれることが誇りだった時代。岡井はそれを思い出したのだろう。

人間の動作を過不足なく描写する。アララギで培ったこのような写生の技術がこの歌の上句にも生かされている。写実はいつの時代も岡井の基底なのだ。

『神の仕事場』

自転車は弱者かすこし言はせて貰ふよろよろ

と輪がななめに危《あやふ》

歩行者や自転車はよく「交通弱者」と呼ばれる。身を守る術のない存在だからだろう。

そんな常識に対して岡井は疑義を抱く。自転車は本当に弱者なのか、少し私見をのべさせてもらおう。よろよろと揺れながら道を進んでくる自転車は、私たち歩行者にとっては実は危険な存在なんじゃないか。そんな岡井の口吻を聞くような文体が楽しい。

「すこし言はせて貰ふ」という読者を意識した挿入句。車輪を一字で表した「輪」。あえて語幹だけを記した「危《あやふ》」。どの表現にも工夫がある。技巧的な歌。

『神の仕事場』

股といふ不思議な座《くら》にはさまれて馬のこころ
は騒立ちにけり

馬に乗るとき、人は二本の脚を使って馬の身体をグッと絞る。その内股の力で馬に人間の意志を伝えるのだ。脚に挟まれ、その温みが腹に伝わる時、馬の心はざわざわと騒立つだろう。岡井はそう想像する。

「座《くら》」は「神がそこに鎮座する場所」という意味を持つ。神秘的な力の発現地である。何か不思議な力が内股から伝わってきて、馬である自分は高ぶってしまう。そんな実感が作者を襲う。そこには性的な被虐意識の投影があるだろう。馬という存在は、岡井の場合、性的なイメージと結びつくことが多い。

『夢と同じもの』

樹の上で鳴くこほろぎの声きこゆ水のふかさ
を生きねばならぬ

コオロギは普通、草むらで鳴く。鳴き声は地面から聞こえてくる。が、今日はなぜか上からその声が聞こえてきた。コオロギが樹に登って鳴いているらしい。
普段なら足もとから聞こえる声が樹上から降り注ぐ。それに気づいたとき、岡井の心には、自分が深い所へ沈下するような錯覚が生まれたに違いない。コオロギの声は自分を低いところへ押し下げる声なのだ。「水のふかさを生きねばならぬ」という感慨はそのような錯覚から導き出されてきたのだろう。樹上の虫の声を聞きながら限りなく沈んでゆく心。

『ウランと白鳥』

貴乃花までに帰ると言ひ置いてさす雨傘のみ

づあさぎいろ

大相撲の中継を見ながら不意に用事を思い出す。ちょっと外出する、と妻に告げる。そんな場面を活写した歌だ。

「貴乃花までに帰る」という言葉は「貴乃花の取り組みが始まるまでに家に帰ってくる」という意味だ。が、日常的な場面においてそんな長ったらしい表現はしない。岡井は、日常語の省略表現をそのまま歌に入れることによって、生活のリアルな感触を描き出そうとしているのだ。「みづあさぎいろ」も実にいい。きっと妻の傘を拝借したのだろう。

『大洪水の前の晴天』

椅子引きて調停室を出でむとす窓打ちくだる
雨の太《ふと》筋《すぢ》

一九九八年、岡井は豊橋に残してきた妻との離婚調停に臨む。子どもも巻き込んだ調停作業は厳しいものであった。

座っていた椅子を後ろに引いて調停室を出る。それまでは見る余裕もなかった窓の風景がふと目に入る。窓の外は車軸を流すような雨。その雨の太い筋が容赦なく窓のガラスにぶち当たる。その情景を岡井は自分の心の風景として受け取ったのだろう。

「打ちくだる」という複合動詞や「太筋」という名詞に異様な迫力がある。


『ヴォツェック／海と陸』

ライ麦の麺麭《パン》がこなれてゆくやうに風はふた
たび南風《はえ》に変はりぬ

ライ麦パンは硬い。口のなかに入れると口蓋にパンの角が当たって痛い。その硬さを我慢して咀嚼してゆくと、しだいに穀物らしい香ばしさが口に広がって、豊潤な味わいに変わってゆく。

　ライ麦パンがゆっくりと口中でこなれてゆくように、風が南の方角から吹き始める。町に夏がやってきた。その風の変化に岡井は深い安堵を感じたのだろう。

　個人的履歴に引きずられる必要はないが、この歌には、前妻との離婚調停が決着したあとの安堵の感情が揺曳しているように思われる。


『ヴォツェック／海と陸』

父が来て隆しばらく話さないかといふときの
深きバリトン

岡井の父・弘《ひろし》は、少年期の岡井にとって畏敬の対象であり、青年期の岡井にとっては乗り越えるべき対象であった。彼の精神形成に大きな影響を与えた父を岡井は何度も歌にしている。

自分の部屋にやってきた父が「しばらく話さないか」と声をかける。こんな前置きをして会話を始める父と子。それは日本の家庭ではあまり見ない親子だろう。子どもを独立した人格を持つ個人として尊重する西欧的な父親の姿がここにある。父を思い出すとき、言葉よりも声を思うという部分もリアル。

『臓器《オルガン》』

まあドアを締めてこちらへきてごらんいたい
たしいほど朝が霊的

全体が相手に呼びかけるようなやさしい口語で作られている。呼びかけられているのは隣室にいる妻だろう。静かな夜明け。岡井は自室でその景を見る。しんとしずまり返った町の様子は、どこか天使が降りてきそうな穏やかさに満ちている。

が、その霊的な静粛は、すぐに町の喧噪にまみれてしまう。「いたいいたしい」という感情は静けさが失われる予感によるのだろう。その痛々しさは、ひとりでは耐えがたい。だからこそ岡井は妻を呼んだのだ。妻とともにいる瞬間を至福の時として感じる老年の思い。

『臓器《オルガン》』

白き人はかなしみのうへに坐りをり「覗き込んでは嫌」しづかなり

こっそりとドアをあけて妻の部屋を覗く。蒼白になった妻がそこにぽつんと座っている。彼女には深い悲しみがあるのだろう。覗かれた気配に気づいた妻は「覗き込んでは嫌」とつぶやく。

夫婦であっても共有できない悲しみはある。それをよく知る岡井はそのままそっとドアの前から立ち去るのだ。淡々とした描写のなかに「覗き込んでは嫌」という妻のナマな言葉が唐突に挿入される。それによって、言葉と声の質感が読者の胸の中で生々しく再生される。それがあるからこそ結句「しづかなり」が生きるのだ。

『E／T』

死がすこし怖い　妻との黄昏は無数の鳥のこゑの墓原

新しい妻との生活のなかにも黄昏はやってくる。窓の向こうにある街路樹から、鳥たちのおびただしい鳴き声が聞こえる。その声は不吉だ。二人の部屋がまるで墓原のように感じられてくる。自分はその墓原で鳥葬に供されるべく横たわっている。そんな不気味なイメージさえ心のなかに浮かんでくる。
　岡井には若いころから希死念慮があった。が、この歌集における死はもっと肉感的だ。あけぼのや黄昏といった薄明とともにひっそりと身を添わせてくるような死。『E／T』はほのかに死の影が射す歌集でもある。

『E／T』

一枚の布として死ぬものもある拭くもののない粗布《あらぬの》として

二〇〇一年十月、岡井の弟・亨《とおる》が亡くなった。折しも同時多発テロに対する米軍の報復攻撃が始まった頃である。アフガニスタンの民衆が殺戮されるなかで岡井は弟の死と真向かうことになった。

岡井の心のなかで、粗布の民族衣装をまとったアフガニスタンの民の姿と、皮膚が荒れ果てた瀕死の弟の姿がオーバーラップする。何物も拭えなくなったボロボロの布のイメージが心中に立ち上がる。汚れ果て疲れ果てて死んでゆく民衆と弟が並置され、その無残なイメージが年老いた岡井を襲うのだ。

『〈テロリズム〉以後の感想／草の雨』

なんだか、

なんだかとつても

かなしいんだ。

サン・マルコ広場の人

鳩まみれ

二〇〇二年、岡井はイタリア旅行をする。その旅で作られた歌は『伊太利亜』という小歌集に纏められた。歌はすべて横書き。多行書きも多用されている。歌集の装丁にも冒険心を失わなかった岡井の姿が彷彿とする一冊である。

歌はベニスのサン・マルコ広場を訪れたときの属目。夥しい鳩が観光客の足にまとわりつく。それを「鳩まみれ」という造語で表現しているところが面白い。

期待した聖地は鳩害によって汚れていた。その落胆と長い旅の疲れが、感傷を呟くような上句に滲み出ている。

『伊太利亜』

よこになつて休めといふから寝てゐると側《そば》に
来て傘《かさ》見せ寝かさないえり子

この歌が作られた時、岡井はすでに七十代後半を迎えている。疲れることも多かったのだろう。妻は、夫の身体を気遣って「横になって休んだら」という。が、その言葉が終わるやいなや、新しく買った傘を夫に見せびらかすのである。

この歌は六八五九八というリズムを持っている。通常の三十一音より五音多い。その字余りの饒舌なリズムが、若い妻とはしゃいでいる岡井の姿を彷彿させるようで面白い。「側に来て傘見せ」という畳みかけるような早口のリズムも効果的だ。

『馴鹿《トナカイ》時代今か来向かふ』

木曽川をわたり長良《ながら》と揖斐《いび》を越ゆ彎曲《わんきょく》すがし

桑名直前

名古屋から近畿日本鉄道の特急に乗って三重県に向かう。列車は「木曽三川」と呼ばれる木曽川・長良川・揖斐川の橋梁を次々に渡ってゆく。それまで西に向かって走っていた列車はそこから大きく南にカーブする。

列車は内傾を深める。先頭車両の姿が車窓から見える。遠心力が加わり、身体が山側に傾く。やがて列車はゆっくりと減速し始める。そんな車窓の風景と身体の感覚を、このように歌にしているのだろう。

岡井は列車のカーブが好きなようだ。その情景を何度か歌にしている。

『二〇〇六年　水無月のころ』

えいくそ隆《たかし》なんとかならんかと叫ぶ父の辺《へ》に
冷ややかに居《ゐ》き

二〇〇六年六月、岡井は、短歌の師であった近藤芳美の死に際会する。それに触発されて、岡井は三十年前の母・花子の命終の場面を思い出したのだろう。

いままさに絶息しようとしている母の横で、父はうろたえる。彼は「えいくそ隆なんとかならんか」と息子に向かって叫ぶ。が、医師である岡井にはすべて手遅れであることが分かっている。自分でも意外なほど、冷ややかな気持ちを抱きながら父の横に座っていただけだ。

花子が亡くなったのは一九七六年七月七日、ちょうどこの歌が歌われた頃と同じ季節であった。


『二〇〇六年　水無月のころ』

死したるをまだ生きてある者が言ふその言ふ
声は死者に近づく

死んだ人間に対して論評をする。論評をする自分はまだ生きている。が、死者について語っていると、死者と生者が同じ土俵に立っているような気分になってくる。死者と生者を分かつ隔壁が無くなって生者が死者に近づいてゆく。

近藤の死に遭遇したこの時期、岡井は森鷗外ら近代の文人の研究を続けていた。彼らはみな死者である。自分が老いるにつれ自分の関心は死者たちに集中してゆく。年を取るということは、生きながら死者に近づいてゆくことだ。七十代後半の岡井はそう思ったのだろう。

『二〇〇六年　水無月のころ』

苦しみもよろこびもふりをするだけだ傘のな
だれてゐた霧生駅

岡井隆は少年時代から虚無の近くにいた人間であった。目の前の世界が遠い所から見られた世界なのではないか。そんな風に現実感を喪失する瞬間が彼には何度もあったようである。この歌もそうだ。苦しさも喜びも、いまここにいる自分の感情とは思えない。自分はどこか遠いところにいて、ふりをしているだけだ。そんな風に思う。
結句に登場する「霧生駅」はどこにあるのか分からない。が、とても美しい名前の駅だ。霧が深くたちこめるプラットホームに傘を差して立っている人々。その光景もどこか別の世界の出来事として感受してしまう作者。

『家常茶飯』

美しい詩だと一生を思ってみる藁灰《わらばひ》になった
あとでも麦だ

二〇〇四年八月十五日、岡井の妹・依田道子が逝去した。自死であった。この歌はその報を聞いたときの歌。

自ら命を絶った人の一生が「美しい詩」であるはずはない。が、岡井はあえてそう思おうとする。藁灰になって燃え尽きたとしても、それはかつて輝かしい麦だった。初夏の風に煽られて青く揺れた時もあったのだ。そう思い直して、岡井は妹の一生を美化しようとする。

かつて岡井は死にゆく弟を「粗布」に喩えた。妹は「麦」である。繊維質のごわごわした感触のなかで岡井は弟と妹の死を悼んだのだ。

『家常茶飯』

谿ふかき棚田のみどりとこしへにあなたはぼ
くのよろこびとして

二〇〇六年八月、岡井は丹後半島を旅する。その時の印象を描いた歌。半島の谷あいの斜面に棚田がひろがる。そこに稲がぎっしりと植えられている。晩夏、稲は深い緑に輝く。昔から変わらぬその農村の風景を見て、岡井は「とこしへ」（永遠）を感じるのだ。

棚田の緑が永遠であるように「あなた」は私の喜びとして永遠に存在し続ける。この「あなた」は妻のことなのだろう。終の伴侶を得た安堵が心に広がってゆく。

ひらがなの多用。「として」という言いさし。どちらも歌に柔らかな感触を加味している。


『初期の蝶／「近藤芳美をしのぶ会」前後』

虚無ふかく居たまひしとは（若き日に示標と仰ぎゐたれば）分かる

戦後知識人の代表として歌壇に君臨した近藤芳美。が、彼の心のなかには人知れぬ虚無感がわだかまっていた。

岡井は近藤芳美を指標として歌を作ってきた。近藤のことは自分が一番よく知っている。だからこそ彼の虚無が誰よりも分かる。岡井はそう信じていたのだろう。何度も対立しながら、岡井の胸には、自分こそが近藤の一番弟子なのだ、という矜持があった。

パーレン（丸括弧）の挿入は、ニューウェーブ短歌でよく用いられた技法。意識の底にひそむ内心のつぶやきを表現している。


『初期の蝶／「近藤芳美をしのぶ会」前後』

モリスとよぶ実直さうな自転車が吾妻の一の
僕《しもべ》となりつ

岡井は自転車に名前をつけるのが好きである。京都精華大学に通勤していた頃、彼は自分の自転車に「ナジャ」という名をつけた。ここでは妻の自転車を「モリス」という名で呼ぶ。「ナジャ」がロシアやフランスっぽい名前だとするならば「モリス」はいかにも英米系。英国貴族の屋敷に勤める執事のような堅実な名だ。

その名にふさわしく実直にかいがいしく妻に仕え、第一の「僕」として妻の信頼を得ているモリス。そんなモリスに対して、岡井は軽い嫉妬のような感情を覚えたのだろう。その姿が何となくかわいい。

『ネフスキイ』

つきの光に花梨《くわりん》が青く垂れてゐる。ずるいな
あ先に時が満ちてて

花梨の実が垂れている。月光を受けて青い。花梨はいま実りの時期を迎えている。それを見て、岡井はかすかな嫉妬を感じる。花梨の実はもうこんなに豊かな時に満ち満ちているのに、私に豊熟の時は訪れない。かすかな焦燥と憧れのなかで彼は「ずるいなあ」と呟く。

花梨の「青」に注目する眼。それを「時」という抽象概念の暗喩ととらえる喩法。句点の効果的な使用。「ずるいなあ」「満ちてて」という軽やかな口語。アララギ的写生、前衛短歌的喩、現代的口語の使用。岡井がそれまでに習得してきた技法の集大成のような一首。

『ネフスキイ』

一樹一樹青葉こまやかに吹く見ればどの木も
仕事してゐるごとし

春、それまで冬木のままだった枝が、いっせいに芽ぶきはじめる。芽はたちまち青葉になる。樹木たちはいま、それぞれ自分の営みを、精一杯の努力でもって開始しようとしているのである。

その様子を見て、岡井は「どの木も自分の仕事をしているようだなあ」と感じる。とても素直な感想であろう。その感想の背後には、仕事を果たす喜びや労働がもたらす充実感を信奉する岡井の人生観が投影されている。

字余りを含んだ上句の細やかに刻まれるリズムが、春の木の蠢動を表現しているかのようで清新だ。

『ネフスキイ』

憂愁はどこからも来る歯にくはへし羊肉のその匂ひからでも

マトンの肉に歯を立てて食べようとする。羊の肉特有の青臭い匂いがふっと口中にひろがる。それを感じた瞬間、作者の心に卒然と憂愁の気分が立ち上がってきた。そんな場面を歌った歌だ。

人間の心というものは外界の事物に触れて揺れる。心は物に即いて動くのだ。前髪を切り過ぎた、指先にトゲが刺さった、紙で指先を切ってしまった。そんなささいなモノとの触れあいによって一日の気分が憂鬱に傾いてしまう。岡井の場合、それが羊肉の匂いだったのだろう。繊細な人間の心の動きを鋭く見つめた歌である。

『X《イクス》——述懐スル私』

日本語がうつくしく滅びるために（歌を書く
外に）なにをしただろ

水村美苗の評論『日本語が亡びるとき』が評判を呼んだのは二〇〇八年のことだった。この一首もその書に触発されて詠まれたものだろう。グローバリゼーション全盛の世紀のなかで日本語は英語に駆逐され滅んでゆく。が、滅んでゆくからこそ、日本語は最後束の間の美しさを放つはずだ。岡井にはそんな認識があった。

パーレンに囲まれた「歌を書く外に」というフレーズが面白い。自分は歌を書くことによって日本語に最後の光芒を与えたのだ。この挿入句には、歌人としての岡井の強烈な自恃が籠っている。

『X《イクス》——述懐スル私』

しんしんと怒りの焔もゆるときわが老いふか
きことを識りたり

年齢を重ねると諦念が深まり、怒りを感じなくなる。一般的にはそう言われがちだ。が、実は違う。この世を惜しめば惜しむほど、他者に対する嫉妬は深まり、憤りは激しくなる。それが老いの実態だろう。
　自分の心のなかに人に対する怒りがある。その怒りは静かに、まるで青い焔のように自分の心のなかに広がってゆく。抑えようがない。「しんしんと」という副詞は、静かに熾烈に燃える怒りの形容としてふさわしい。その感情の根深さに気づいたとき、岡井は自分の老いをまざまざと実感してしまったのだ。

『静かな生活』

自転車に空気を入れてゐる男　行く所《とこ》がある
つていいことだなあ

家の前で自転車のタイヤに空気を入れている男がいる。空気入れのポンプを手で押す。シューシューという音がしてタイヤが徐々に膨らんでゆく。きっと遠出をするための準備なのだろう。その様子を見た岡井は「行く所があるつていいことだなあ」と思う。心中のつぶやきを何の工夫もなく記録したような下句のラフさがいい。

岡井の口語の歌は当初、文語の香りを残した高雅さを保っていた。が、このころになると、無防備なつぶやきをそのまま記すような豪胆さが出てくるようになった。「所《とこ》」という言い方にも日常語の手触りがある。

『静かな生活』

ミケランジェロ「ピエタ」のマリア右の手は
ふかく容《い》れたり悲しみの腋へ

ミケランジェロは聖母マリアを題材とした「ピエタ」という彫像を四つ作っている。この歌はそのなかでも最も高名なサン・ピエトロ大聖堂収蔵のものなのだろう。十字架から降ろされたイエスの遺体を抱くマリアは、イエスの右の腋に右手をふかく差し入れ、膝からすべり落ちそうになる彼の身体を支えている。岡井の眼は、そのマリアの右手を見逃さない。

「悲しみの腋」という抽象化された表現が美しい。手を差し入れた瞬間をリアルに見ているかのような「ふかく容れたり」という表現も生々しい。

『静かな生活』

近藤夫人が飼ってをられたあの山羊がぼくの
文中で一こゑ啼いた

二十代前半の頃、岡井は近藤芳美の家をしばしば訪問して時を過ごした。近藤の妻とし子は病弱で栄養補給が必要だった。そのためにヤギを飼い彼女はその乳を毎日飲んでいた。若い日を回顧した文章を書いていたとき、岡井の耳には、そのヤギの鳴き声が聞こえてきた。

もちろんそれは幻聴である。が、いま目の前にいるかのようなリアルさでその声が耳に届いたのだ。下句の描写はその生々しさを再現している。

「をられた」という敬語も面白い。年長の夫人を仰ぎ見ていた頃の初々しい感覚がここに再現されている。

『銀色の馬の鬣《たてがみ》』

ヨハン・セバスチャン・バッハの小川暮れゆきて水の響きの高まるころだ

バッハの曲を聞いていると夕暮れの小川のほとりにいるような安らかな気分になる。やがて夕暮れの残光が夕闇に変わり、水の鳴る音がより激しく岡井の耳を捉えるようになる。曲調が激しくなったのだろう。そんな音楽鑑賞時の印象の変化を歌った歌である。

「バッハ」(Bach)は、ドイツ語で「小川」という意味。この歌はそこから発想されたものだ。長いフルネームを入れることによって一首が荘厳な雰囲気に包まれる。意味よりも調べを重視する岡井の短歌観がこのような人名の処理の仕方のなかにも表れ出ている。

『暮れてゆくバッハ』

文語訳聖書を読みて寝ねむとす大河のそばつて早く経《た》つんだ

『鉄の蜜蜂』は岡井自身の手で編んだ最後の歌集である。彼の技法の集大成のような作品が並ぶ。信仰を主題とした歌も多く現れるようになった。

この歌もそうである。幼少期の頃から慣れ親しんだ文語訳聖書は、彼の心の安寧の基だったのだろう。就寝前それを少しずつ読む。まるで大河のゆるやかな流れのほとりで安らぐような気分になる。時が安らかに過ぎる。

自分の信仰告白を荘重な文語で述べたのち、照れ隠しをするように、軽い口語で歌を纏める。文語と口語の配合がいい。そこに習熟した技法の反映がある。

『鉄の蜜蜂』

みちのくの北上川を越えて行く生きものの痛
む背をこゆるがに

東北新幹線に乗って北上川を越える。川は梅雨時の雨によって増水している。のたうつ水を見ていると、川そのものが苦痛にあえぐ生物の背中のように感じられる。

この時、岡井は北上市で開催されていた塚本邦雄展に向かう途中だった。岡井は北上市で開催されていた塚本邦雄展にライバル意識があった。濁流を見たとき、彼の心にはそのような苦い記憶が去来したのかもしれない。北上川の痛みは過去に感じた痛みの反映だったのだ。

「がに」は「ように」という意味を表す接続助詞。「みちのくの北上川」というたっぷりした言いぶりもいい。


『鉄の蜜蜂』

寂しいほど月が近いと言ひながら妻とふたり
の夜半《よは》の芥《ごみ》捨て

明朝のゴミ出しの日に備えて、深夜、妻とゴミ袋を出しにゆく。重い袋は自分、軽めの袋は妻。肩を寄せ合いながら、ふたりはマンションの階段を降り、ゴミ収集場所まで歩いてゆく。折しも月は満月。月光が彼らの肩に降り注ぐ。そんな場面を描いた歌。

この歌が作られた時、岡井は八十代後半であった。妻との間に子どもはいない。夫婦水いらずだ。豊潤で幸福な時間のなかにふっと寂しさが紛れこむ。だからこそ岡井は、月を見上げながら「寂しいほど月が近いなあ」と呟いたのだ。この世に妻と二人。そんな侘しい幸福感。

『阿婆世《あばな》』

ああこんなことつてあるか死はこちらむいて
てほしい阿婆世《あばな》といへど

辞世となった歌である。歌集の題名ともなった「阿婆《あば》世《な》」は東海地方の方言で「あばよ」という意味である。

この歌には死を直視しようとする岡井の眼がある。死を真正面から見つめたい。だから、死も自分の方を向いていてほしい。岡井はそう思う。が、死はこちらを向いてくれない。後ろ姿ばかりを見せる。そのもどかしさがこのような歌になったのだろう。

ここには辞世の歌にありがちな諦念や静寂はない。岡井は、死という現象に対してさえ、激しい表現意欲をもって向かい、それを言語化しようとしている。

『阿《あ》婆《ば》世《な》』

解説　調べのうたびと

大辻隆弘

　岡井隆は、その七十年以上の歌歴のなかで三十四冊の歌集を発行した。初期歌篇「O」、死後遺歌集として発行された『阿婆世』、さらに共著や歌文集を含めると、膨大な数の歌々がこの世に残されていることになる。

　岡井隆は一般的には、変貌に変貌を重ねた歌人だと思われている。仮に、文体的な特徴にしたがって、彼の歌風の変遷を五つの時期に分けるとすると、以下のようになるだろう。

第Ⅰ期　意味と調べの相剋　一九五六年〜一九七四年

　初期歌篇「O」（思潮社版『岡井隆歌集』一九七二所収）、『斉唱』（一九五六）、『土地よ、痛みを負え』（一九六一）、『朝狩』（一九六四）、『眼底紀行』（一九六七）、『天河庭園集』

（福島泰樹編・一九七八）

第Ⅱ期　古典的文体の再発見　一九七五年～一九八四年

『鶩卵亭』（一九七五）、『歳月の贈物』（一九七八）、『マニエリスムの旅』（一九八〇）、『人生の視える場所』（一九八二）、『禁忌と好色』（一九八二）

第Ⅲ期　ライトな文体の試作　一九八五年～一九九〇年

『αの星』（一九八五）、『五重奏のヴィオラ』（一九八六）、『中国の世紀末』（一九八八）、『親和力』（一九八九）

第Ⅳ期　ニューウェーブ短歌への傾斜　一九九一年～二〇〇〇年

『宮殿』（一九九一）、『神の仕事場』（一九九四）、『夢と同じもの』（一九九六）、『ウランと白鳥』（一九九八）、『大洪水の前の晴天』（一九九八）、『ヴォツェック／海と陸』（一九九九）、『臓器《オルガン》』（二〇〇〇）

第Ⅴ期　口語文語混交文体の豊熟　　二〇〇一年〜二〇二〇年

『E／T』（二〇〇一）、『〈テロリズム〉以後の感想／草の雨』（二〇〇二）、『伊太利亜』（二〇〇四）、『馴鹿《トナカイ》時代今か来向かふ』（二〇〇四）、『二〇〇六年　水無月のころ』（二〇〇六）、『家常茶飯』（二〇〇七）、『初期の蝶／「近藤芳美をしのぶ会」前後』（二〇〇七）、『ネフスキイ』（二〇〇八）、『X《イクス》——述懐スル私』（二〇一〇）、『静かな生活』（二〇一二）、『銀色の馬の鬣《たてがみ》』（二〇一四）、『暮れてゆくバッハ』（二〇一五）、『鉄の蜜蜂』（二〇一八）、『阿婆世《あばな》』（遺歌集・二〇二二）

それぞれの時期について簡単に説明しておく。

第Ⅰ期は、アララギの写実の歌という基礎の上に前衛短歌の文体や喩法に触手を伸ばしていた時期である。第二歌集の『土地よ、痛みを負え』で見せた暗喩と意味を重視する晦渋な作風が、第三歌集『朝狩』において再び調べを重視した作風に変わってゆく。この時期の岡井は意味と調べの相剋のなかで方法的な模索を続けていたといえるだろう。

第Ⅱ期は、九州逃亡から歌壇に復帰した後の時期。おおむね昭和五十年代の十年間である。この時期の岡井は、万葉調を主軸とした近代短歌の詠法の美しさを重視し、豊穣で重厚な調べを歌のなかに取り込んだ。現代仮名遣いを使っていた岡井が、歴史的仮名遣いを用いるようになったのもこの時期からである。前衛短歌的な難解さは抑制され、のびやかな抒情が歌のなかに溢れている。岡井隆と短歌の詩形がもっとも幸福な形で重なりあっていた時期だといえる。

第Ⅲ期は、岡井が「ライト・ヴァース」を提唱していた時代である。岡井は当初、人生的な感慨を軽い文体で歌った歌を「ライト・ヴァース」と名づけ、そのような作品を模索していたが、この運動はその後、短歌の口語化という形に取って代わられてゆく。岡井の作品もその影響を受け、口語を積極的に取り入れ、家庭を主題にした日常詠が多く作られていった。

第Ⅳ期は、第Ⅲ期と連続していると見てもよいかもしれない。おおむね一九九〇年代の十年間がこの時期にあたる。私生活上の変化にともなう東京移住以後、岡井の作品は再び難渋になっていった。記号やオノマトペを多用し、自分の深層意識をあぶりだそうとする実験的な手法は、当時のニューウェーブ短歌と軌を一にするものであった。作品は総じて陰鬱で精神的な疲労を滲ませているものが多い。

第Ⅴ期は、今世紀に入ってからの二十年になる。この時期、私生活上の安定を見た岡井は、アララギの写実、前衛短歌の喩法、ライト・ヴァースの口語、ニューウェーブ短歌の記号やオノマトペという彼が習得してきた短歌の諸技法を自在にあやつり、融通無碍な文体で老年の感慨を歌うようになってゆく。その文体は口語と文語をハイブリッドな形で混交する独自性を持っていた。特に二〇一〇年代以降は、最晩年の思想や宗教的感慨をその文体で述べるようになり、荘厳さを加えた精神性を感じさせる歌が多くなっていった。

＊

このように岡井隆は、何度もその作風を変えた歌人であるが、その一方で、生涯を通して歌作の基底となったものが二つある。写実と調べである。

岡井は、その初学期にアララギの写実を徹底的に学んだ。日常の細部に目を凝らし、その動きや感触を言葉の質感として歌のなかで再現する。その技術は、彼がどれほど実験的な手法に手を染めようとも、生涯変わることがなかった。それは以下のごとくである。

抱くとき髪に湿りののこりいて美しかりし野の雨を言う　『斉唱』

沸点に近づくなべに苦しくも薄膜は寄る牛乳《ちち》のおもてに　『朝狩』

魚の血の鰓《えら》よりいでて流れたり外面《とのも》は今日も毛のごとき雨　『人生の視える場所』

くッと言ふ急停車音広辞苑第三版を試し引き居れば　『五重奏のヴィオラ』

さいはひの浅瀬をわたる一家族提げたる靴を水に映して　『親和力』

凍らせて復《ま》た解く肉の暗きいろアンダルシアへ行かざりし夜の　『宮殿』

椅子引きて調停室を出でむとす窓打ちくだる雨の太筋《ふとすぢ》　『ヴォツェック／海と陸』

木曽川をわたり長良《ながら》と揖斐《いび》を越ゆ彎曲《わんきよく》すがし桑名直前　『二〇〇六年　水無月のころ』

憂愁はどこからも来る歯にくはへし羊肉のその匂ひからでも　『X《イクス》――述懐スル私』

ミケランジェロ「ピエタ」のマリア右の手はふかく容《い》れたり悲しみの腋へ　『静かな生活』

手のひらに触れた恋人の髪の湿り（一首目）、牛乳の中心に寄ってゆく蛋白質の膜（二首目）、魚の鰓から流れる一筋の血（三首目）、「くッ」という自転車のタイヤの停車音（四首目）、川面に白く映った靴の影（五首目）、解凍した肉の暗い色彩と質感（六首目）、窓ガラスを打ちながらくだる雨の太い筋（七首目）、列車がカーブするときのかすかな傾斜（八首目）、歯に挟まったときの羊肉のかすかな匂い（九首目）、イエスの腋に差し込まれたマリアの右手（十首目）。視覚、触覚、聴覚、身体の深部の平衡感覚。岡井の五感は限りなく研ぎ澄まされている。これらの歌には、一瞬の外界の質感を自分の感覚を通してとらえるセンサーのようなものが働いている。

このような外界の感覚的な描写は、近藤芳美を中心とする戦後のアララギの若手歌人たちのなかでもっとも重要視されたものであった。

岡井には近藤とのやりとりを回想した次の一首がある。

「タオルが半ば乾いてゐた」と申し上ぐ「それかも知れないね」と答へ給ひき

『初期の蝶／「近藤芳美をしのぶ会」前後』

二十代前半の岡井が近藤宅の台所かトイレでタオルに手を触れる。そのタオルは半ば湿り、半ば乾きつつあった。その感触が、歌になるかもしれないと思った岡井は、その事実を近藤に告げる。それを聞いた近藤は「ああ、それかも知れないね」と言った、という歌である。近藤のこの呟きは「ああ、それこそが僕たちがこれから歌ってゆくべきものなのかもしれないね」という意味だろう。近藤は、当時、岡井や自分が目指していた新たな写実の対象をタオルが半ば乾く感触のなかに見出したのである。

タオルが半ば乾いていることを感じとる。一見、病的にまで見えるこの微細な感覚は、現代を生きる人間の生の実相と繋がっている。近藤と岡井にはそのような確信があった。戦後のアララギの中で歌を始め、近藤芳美の初期作品に心酔していた岡井は、このような感覚的なリアルさを自分の歌の中枢に据えたのだ。先にあげた十首の例歌からも分かるように、その姿勢は、岡井の生涯を貫く作歌の基底となったのである。

もう一つ岡井の基底となったものがある。それは「調べ」である。私見を言えば、岡井隆はなによりもます「調べのうたびと」なのだ。そのことは以下のような歌々を見れば一目瞭然である。

*

構想はゆたかなる青にかかはりて夕あきらけき竹群と水　「O」

常磐線《じょうばんせん》わかるる深きカーヴ見ゆわれに労働の夜が来んとして　『斉唱』

肺尖にひとつ昼顔の花燃ゆと告げんとしつつたわむ言葉は　『朝狩』

生きがたき此の生《よ》のはてに桃植《う》ゑて死も明《あ》かうせむそのはなざかり　『鵞卵亭』

葉擦《はず》れ雨音《あまおと》ふたたび生きて何せむと病む声は告ぐ吾《あ》もしか思ふ　『鵞卵亭』

飛ぶ波のはげしさまさる夕まぐれあたたかな医師それさへ演技　『マニエリスムの旅』

はしり梅雨きみならばわがくるしみを言ひあつるらむ嗄声《させい》しづかに　『禁忌と好色』

外は陽のあまねからむを戸ざしつつ寂しき愛を学に注ぎぬ　『αの星』

つきの光に花梨《くわりん》が青く垂れてゐる。ずるいなあ先に時が満ちてて　『ネフスキイ』

文語訳聖書を読みて寝ねむとす大河のそばつて早く経《た》つんだ　　『鉄の蜜蜂』

短歌における「調べ」は曖昧模糊とした概念であるが、さしあたり「意味性を帯びた音楽性」とでもいえばよかろうか。「音楽性を帯びた意味性」ではない。歌の音楽を際立たせるためにかすかに意味を加味する。それが「調べ」である。

たとえば『禁忌と好色』の「はしり梅雨」の歌（七首目）。「はしりつゆきみならばわがくるしみをいいあつるらむ」。このア段音とイ段音のリズミカルで心地よい交差。それが「嗄声しづかに」というア段イ段の歌で収束する。その心地よさ。その音の交差のなかから一人のひとへの希求がしっとりと滲んでくる。

あるいは『αの星』の「外は陽の」の歌（八首目）。「外は」「陽の」「あまねからむを」という微妙な助辞の玄妙な響きが、下句「寂しき愛を学に注ぎぬ」というキビキビとした調べに向かってゆく心地よさ。意味性をかすかに帯びながら一首の歌のなかで音楽が滔々と流れてゆく。

このような音楽性は、初期から最晩年に至るまで岡井の歌に一貫して流れ続けていたものだった。初期歌篇「O」の歌（一首目）の「夕あきらけき竹群と水」のカ行音の硬く軽快な響き。『朝狩』の歌（三首目）の「ひとつ昼顔」「告げんとしつつたわむ言葉は」というリズミカルな音の連鎖。晩年の歌集『ネフスキイ』の歌（九首目）の「ずるいなあ」というため息を思わせる柔らかな音韻。どの歌の言葉も、まず、調べが音楽のように美しい。

このような柔らかな調べによって絶望が歌われるとき、私たちの胸には何か甘美な気分が立ち上がってくる。なかでも四首目と五首目に引いた『鶯卵亭』の歌は多くの人が愛唱してやまない歌であろう。この世の果てに桃の花の明るさがある。その明るさの下の死はどんなに甘やかだろう。硬い葉を打つ雨音が聞こえるなか「再び生きて何になろうか」という絶望の声を聞く。作者はその声に深く頷く。歌われている状況は悲惨であるが、調べの美しさが、その絶望を甘美なものに変えてしまう。

岡井は、第三歌集『朝狩』の「自序」で「短歌は究極のところ『うた』であり、『しらべ』であるという考えにわたしが到達するまで、長い間、迷路をさまよった」と記したが、その信念は、多少の揺らぎはあるにせよ、終生変わらなかったように思う。おそらく、岡井隆の一生には多くの悲傷や挫折があったのだろう。彼はそれを歌の調べに載せて歌った。そうすることによって彼は、生き難いこの世を、ほんの少し離れた場所から眺め見ることが出来たに違いない。

現実を感覚的にとらえる写実の眼。現実をかすかに遊離する甘美な調べ。岡井隆という人間は、短歌を通じて身につけたその二つの力に支えられてこの世を渡ったひとだったのではないか。

【岡井隆略歴】

一九二八年（昭3）一月五日、名古屋市で生まれた。両親はともに「アララギ」に属する歌人であった。愛知県立第一中学校を経て、一九四五年（昭20）旧制第八高等学校に入学する。戦後まもなく疎開先の三重県で短歌を作りはじめ、一九四六年（昭21）には「アララギ」に入会。土屋文明の選歌を受ける。同時に父・弘《ひろし》が編集をしていた「アララギ」の地方誌「朝明《あさあけ》」などに短歌を発表する。

一九五〇年（昭25）、慶應義塾大学医学部に進学し上京。一九五一年（昭26）には近藤芳美を中心とした同人誌「未来」を創刊。その編集に関わった。

一九五六年（昭31）、北里研究所付属病院医局に就職。その当時から塚本邦雄との交流が始まり、前衛短歌運動の旗手として活躍を始める。前衛短歌運動は、短歌に現代詩的な比喩と思想性を盛り込もうとした短歌の改革運動であった。彼ら二人の活躍は後続の歌人たちに大きな影響を与えた。

一九七〇年（昭45）、医師としての身分と歌人としての名声を捨てて女性とともに九州に移住。文学的な活動を停止し、約五年間の空白期間に入る。

一九七五年（昭50）、作歌を再開。前衛短歌時代の作風は一変し、流麗な調べとあふれる抒情性によって、岡井の歌は豊かな輝きを放つようになる。居住していた豊橋市を拠点として、同人誌「ゆにぞん」や歌人集団「中の会」の運動を牽引した。

一九八三年（昭58）、「未来」の編集に復帰。自らの選歌欄を中心にして多くの歌人を育てた。同時に、短歌に軽やかな抒情を盛り込んだライト・ヴァースを提唱、口語短歌の発展に大きな力を与えた。

一九九〇年（平2）、東京に移住。このころから、口語短歌に記号やオノマトペを導入したニューウェーブ短歌を積極的に推進し作風はふたたび激変する。彼の歌は、人間の精神の深層心理の暗部を積極的に開示するものに進化していった。

二〇〇〇年（平12）以降、岡井の歌は、それまでの作風の変遷を総合した形の柔らかで豊かな抒情性を持つ豊穣さを発揮するようになった。宮中歌会始選者・宮内庁和歌御用掛などを歴任。二〇一六年（平28）には文化功労者に選ばれた。

二〇二〇年（令2）七月十日、心不全により死去。享年九十二歳。

（抄録大辻隆弘）

著者略歴

大辻隆弘（おおつじ　たかひろ）

一九六〇年　三重県松阪市出身。歌人。一般社団法人未来短歌会理事長。歌誌「未来」編集発行人・選者。宮中歌会始選者。一九八六年、未来短歌会に入会。岡井隆に師事。

歌集『抱擁韻』により現代歌人集会賞。『デプス』により寺山修司短歌賞。『景徳鎮』により斎藤茂吉短歌文学賞。『樟の窓』により小野市詩歌文学賞。

他に『水廊』『ルーノ』『夏空彦』『兄国』『汀暮抄』。

歌書『アララギの脊梁』により島木赤彦文学賞・日本歌人クラブ評論賞。『近代短歌の範型』により佐藤佐太郎短歌賞。

他に『子規への溯行』『岡井隆と初期未来』『時の基底』『対峙と対話』（吉川宏志との共著）『子規から相良宏まで』『佐藤佐太郎』。

県立学校国語教師。

岡井隆の百首

Okai Takashi no Hyakushu

著　者　大辻隆弘

二〇二三年一一月二〇日　初版発行

発行人　山岡喜美子
発行所　ふらんす堂
〒一八二-〇〇〇二　東京都調布市仙川町一-一五-三八-二階
電　話　〇三（三三二六）九〇六一
FAX　〇三（三三二六）六九一九
URL　http://furansudo.com/
E-mail　info@furansudo.com
振　替　〇〇一七〇-一-一八四一七三
装　幀　和兎
印刷所　創栄図書印刷株式会社
製本所　創栄図書印刷株式会社
定　価　本体一七〇〇円＋税

ISBN978-4-7814-1607-6 C0095 ¥1700E